1 2 3 4 5 (14300)
ISBN 3-215-11453-4

Luka und die weiße Taube

Erzählt von Arnica Esterl
Illustriert von Elena Trofimova
und Sergej Kovalenkov

Esslinger

Am Rande eines großen Waldes lebten einmal zwei Kinder. Luka hieß das Mädchen, und der Junge wurde Ivo gerufen. Ihre Häuser lagen nicht weit voneinander, und die Kinder spielten den ganzen Tag mit Blumen, Gräsern und Schmetterlingen. Zwischen den Häusern strömte ein klarer Bach. Die beiden hatten aus Steinen und dicken Ästen eine Brücke darüber gebaut, so daß sie leicht zusammenkommen konnten.
Dann saßen sie am Ufer und lachten über die Wasserläufer oder schauten den vorbeihuschenden Forellen nach.

Als sie heranwuchsen, faßten sie sich oft an den Händen und durchstreiften den Wald. Ihre Füße sanken in den weichen, warmen Boden, die dunklen Baumkronen hüllten sie in Dämmerlicht, und die Vögel sangen klagend ihr spätes Sommerlied.

„Hüte dich, daß du nicht zu weit in den Wald hinein gehst", warnte Luka.

Aber Ivo lachte nur:

„Was soll mir geschehen?"

„Die Alten erzählen sich, daß mitten im Wald eine Zauberin haust, die zwischen Dornen und Dickicht ihre bösen Fäden spinnt. Wer sich im Wald verliert, wird von dem klebrigen Netz eingefangen und festgehalten. Und wer versucht, sich loszureißen, den verwandelt sie in einen Vogel. Hörst du nicht das Klagen und Jammern?“

Aber Ivo wollte nicht hören. Ihn gelüstete nach frischem Honig, er folgte den Spuren der Hirsche, er suchte Blumen für seine Luka und geriet immer tiefer in den Wald hinein.

Dort, nur dort wuchsen Blumen, wie er sie noch nie gesehen hatte. In allen Farben leuchteten sie und bewegten sich langsam wie Natternköpfe auf ihren biegsamen Stengeln. Dort sangen auch die Vögel ihre Lieder, wie er sie noch nie gehört hatte. Er konnte sich nicht satt sehen und hören.

„Luka, komm und schau dir diese Blumen an!“ rief Ivo.
Im Augenblick aber, als Ivo seine Hand nach einer wunderschönen Blume ausstreckte, trat eine steinalte Frau auf ihn zu. Ihre Gestalt schien ganz in graugrünes Spinnengewebe gehüllt zu sein. Mit einer Haselgerte berührte sie Ivos Schultern. Da wuchsen ihm Flügel und ein dichtes Federkleid. Nase und Kinn schoben sich zu einem Schnabel zusammen, und mit einem dumpfen *Ruh-kruuh-ruh-ruh*… flog eine weiße Taube vom Boden auf.

Luka war Ivo gefolgt, aber sie kam zu spät.

Schlinge Fäden Schlangenglut
Rühre rauhe Rabenbrut
Trinke Taube Tränenflut!

kreischte die Zauberin, als Luka in einiger Entfernung stehen blieb. „Nie werdet ihr zusammenfinden, du wirst Ivo nicht wiedersehen!" Und schon war sie im wirren Farnkraut verschwunden. Die weiße Taube aber flatterte ängstlich zwischen vielen anderen Vögeln in einem großen Käfig aus dichten, klebrigen Fäden umher. Alle schrien, pfiffen und zwitscherten, nur die Taube rief immerfort ihr dumpfes *Ruh-kruuh-ruh-ruh*.

Luka wagte nicht, noch näher zu kommen. So schnell sie konnte, rannte sie zurück zum Bach. Dort sank sie erschöpft zur Erde und fiel in einen tiefen Schlaf. Da überkam sie ein Traum. Sie sah die tanzenden Forellen den Bach stromaufwärts schwimmen und folgte ihnen am Ufer nach.

Sie stolperte über Steine. Dornen krallten sich in ihre Kleider, aber sie blieb nicht stehen. Von weitem sah sie ein Leuchten wie von einem geheimnisvollen Licht, und sie dachte: „Dieses Licht will ich fangen!“
Sie wollte schneller gehen...
Da kroch ein Käfer über ihr Knie, und sie erwachte.

Luka machte sich auf den Weg, den der Traum ihr gezeigt hatte.
Mühsam stieg sie immer weiter, der Bach wurde schmäler, Stromschnellen stürzten immer steiler herab. Wie lange sie ging, wußte sie nicht.
Endlich kam sie an ein kleines, tiefes Becken, dessen Wasser aus der Erde drang.
Sie hatte die Quelle des Baches erreicht.
Auf dem dunklen Wasser schwamm eine Seerose. Die Blütenblätter leuchteten wie Sonnenstrahlen.

„Wie schön du bist!" sagte Luka und wußte sogleich, daß sie dieses Blumenlicht im Traum gesehen hatte und daß sie es nun in den dunklen Wald tragen wollte. Mit beiden Händen schöpfte sie die Seerose aus der Quelle und ging geradewegs zurück zu den klagenden und rufenden Vögeln.

Als sie die Blume durch den Wald trug, wichen die Dornen und Farne zurück, die dunklen Gänge lichteten sich, die Schlangengewächse ließen ihre Köpfe hängen. Luka berührte die klebrigen Fäden mit der Blume. Augenblicklich öffnete sich der Käfig und ließ die Vögel frei.

Alle Vögel flatterten herbei, wollten von der Blume berührt und erlöst werden. Das war ein Trillern und Singen, so daß Luka die Stimme der weißen Taube nicht hören konnte.

Die Zauberin aber hatte sich herangeschlichen.
Schlinge Fäden Schlangenglut, murmelte sie. Sie fing die weiße Taube, wickelte sie in ein dünnes Netz und wollte sie heimlich forttragen. Da sprang Luka rasch auf sie zu und berührte sie mit der Blume. Im Augenblick stand Ivo vor ihr, und ein großer Rabe flog kreischend zwischen den Bäumen davon.

Die Seerose verwandelte nun alle Vögel wieder in Menschen. Sie fielen einander in die Arme, dankten Luka und zogen frei in ihre Heimat.

Luka und Ivo kehrten zu ihrer Brücke zurück. Sie bauten sich ein Haus und lebten glücklich und waren zufrieden.
Einmal saßen sie am Bach und schauten der Seerose zu. Da flog ein großer Rabe herbei. Er setzte sich auf einen Stein und schrie mit seiner rauhen Stimme, als wollte er etwas sagen.
„Das ist gewiß die Steinalte", sagte Ivo. „Sie hat keine Macht mehr über uns. Aber was bedeutet ihr Schreien?"

„Sie findet wohl keine Ruhe“, sagte Luka. „Aber ich werde die Blume fragen.“ Sie schöpfte mit ihren Händen die Seerose aus dem Wasser, lief zu dem Raben und berührte mit den kühlen Blütenblättern den schwarzen Vogel, der zusammengesunken auf dem Stein sitzengeblieben war.

Der Rabe zerfiel zu feinem, weißem Staub, der sich in dem Kelch der Blume sammelte. Luka setzte die Seerose behutsam ins Wasser, und der Bach führte sie mit sich fort, so weit fort, daß niemand sie je wiedergesehen hat.